GRISELIDIS

OU
LA MARQUISE
DE
SALUSSES

Par Mademoiselle A. de M.

A PARIS,

Chez ANDRÉ CAILLEAU, Place
de Sorbonne, au coin de la ruë
des Maçons, à S. André.

M. DCCXXIV.

Avec Approbation & Privilege du Roy.

AVERTISSEMENT
du Libraire.

L'Auteur de cette nouvelle Histoire de Griselidis, est une jeune Personne de quatorze à quinze ans, qui a tout l'esprit qu'on peut souhaiter. Elle s'est joüée à composer ce petit Ouvrage, & elle n'y a employé durant quelques jours, que les heures qui luy restent d'une étude un peu plus serieuse, & propre d'une personne de sa naissance & de son âge. La vieille Histoire de la patience de Griselidis imprimée

4

en Gothique, & écrite d'un
stile surané, avec la même
Histoire mise en vers par M.
Perrault luy ont servi de Mé-
moires, & de materiaux pour
composer sa nouvelle Histoire.
Elle y a même mis du sien,
& c'est peut-être ce que le
Lecteur trouvera le plus à
son gré. Ce n'est aprés tout
qu'une Traduction libre &
assez amplifiée des deux Ou-
vrages qu'on vient de nommer : mais c'est beaucoup encore, & sans doute plus qu'on
ne devoit attendre d'un aussi
jeune Auteur, qui fait son
coup d'essay.

GRISELIDIS,

OU

LA MARQUISE

DE SALUSSES,

DANS cet agréable &
fertile Canton d'Italie,
où le Po en sortant de
sa source commence son
cours rapide & majestueux,
regnoit sur la fin du douziéme
Siécle un Prince de l'auguste
Maison de Savoye, nommé
Eugéne Amédée. Ses Etats sous
le Titre du Marquisat de Salus-
ses, quoique peu étendus ren-
fermoient tout ce qui peut con-

A iij

tribuer à la douceur de la vie. Des campagnes cultivées, & portant de riches & d'abondantes moissons ; des coteaux couverts, ou de vignes, ou de bois, de vastes prairies émaillées de fleurs, entrecoupées de mille ruisseaux, & environnées de Saules, d'Aulnes & de Peupliers; tout le Païs semé de Bourgades, de Villages & de Hameaux ornez de Vergers & d'un nombre infini de Jardins ; un Climat temperé ; le genie des Habitans, porté à la vertu, & capable des sçiences & des beaux Arts ; des mœurs qui se ressentoient encore de l'ancienne pureté, & de l'innocence des premiers tems; tout cela rendoit ce séjour enchanté, & faisoit regarder le Prince qui y commandoit comme le plus heureux Prince de son siécle.

Le Ciel avoit pris plaisir à mettre en luy ses dons les plus rares & les plus prétieux, & ceux dont il ne fait part qu'aux grands Rois. Il étoit dans la fleur de son âge, d'une taille médiocre, mais bien prise ; d'une beauté où Venus & Pallas avoient également mis la main ; il étoit vaillant, liberal, magnifique : La Paix qu'il entretenoit avec ses Voisins ne luy laissant aucun désir pour cette cruelle gloire qui s'acquiert dans les combats, & qui ne se plait qu'au carnage, & à la désolation des Etats les plus florissans : il n'en connoissoit point d'autres que celle que goutent les bons Princes à rendre leurs Peuples heureux.

Un tempérament ſi heroïque étoit cependant obſcurcy par une vapeur ſombre & maligne qui luy faiſoit regarder tout le beau ſexe comme un ſexe trompeur & infidelle. Dans les accez de cette humeur mélancolique, il ne s'imaginoit voir dans les femmes, où brilloit le mérite le plus rare, qu'hypocriſie, qu'orgüeil, que vanité, qu'un déſir ambitieux d'uſurper ſur les hommes un ſouverain empire. De ſi mauvaiſes & de ſi injuſtes diſpoſitions d'eſprit à l'égard d'un Sexe ſi accompli, né pour plaire, & pour être aimé, terniſſoient extrêmement les belles & admirables qualitez du Marquis de Saluſſes. Peut-être que l'air jaloux de l'Italie, joint à quelques avantures que la médifance, ou tout au plus la fragilité de quelques femmes avoient pû faire naître, augmenta de beaucoup la haine qu'il avoit conçûë contre le fexe en general ; en forte qu'il jura que quand même le Ciel formeroit en fa faveur une feconde Lucréce, plus Lucréce mille fois que la premiere, il ne fe pourroit jamais réfoudre à s'engager fous les loix du mariage. Tant il eft dangereux de fe laiffer prévenir par de faux préjugez, ou féduire par l'autorité de quelques perfonnages , quelques graves qu'ils foient, lefquels fouvent faute d'une connoiffance affez éclairée, ou par un chagrin mal fondé ou aveugle, croyent voir des deffauts, dans des fujets, où il ne fe trouve que des perfections.

Ainſi, aprés qu'Amedée avoit donné une partie du jour à remplir ſes prémiers devoirs ; qu'il avoit reglé ſagement les choſes neceſſaires, au bon ordre, & à la police de ſon Etat ; qu'il avoit conſervé les droits de la veuve & de l'orphelin, & mis à couvert le foible de la violence & de l'oppreſſion : il montoit à cheval, & traverſant les guérets à la tête de cent chiens, & accompagné d'un ſuperbe équipage de chaſſe, il alloit affronter les Sangliers & les Ours, dont il redoutoit moins les armes, que celles du Sexe charmant qu'il évitoit toûjours.

Cependant ſes Peuples ſongeant à leurs propres intereſts, le convioient par de touchantes & de reſpectueuſes remontrances de s'aſſurer dans la perſonne d'un fils un ſucceſſeur qui les gouvernât avec la même douceur & la même modération qu'il les avoit toûjours gouvernez; mais ils n'avoient pû encore rien obtenir. Enfin un jour preſſé par de nouvelles inſtances que les trois Ordres de ſes Etats luy étoient venus faire par la bouche de leur Orateur : Il leur répondit en ces termes : Je vois avec plaiſir le zele que vous avez pour moi ; & les vœux que j'entens former de tous côtez pour me porter au mariage, me font des gages aſſurez de votre fidelité, & de votre attachement pour ma perſonne. Croyez que j'y ſuis trés-ſenſible, & que je voudrois pouvoir dés demain vous ſatisfaire : mais le mariage eſt une affaire qui demande une mûre déliberation, & toute la prudence humaine y est quelquefois bien embarassée. Il est trés-difficile, & plus rare qu'on ne pense, de faire un choix qui contente, & dont on ne se repente jamais. Rien ne paroit plus modeste, plus obéïssant, plus édifiant qu'une jeune fille au milieu de sa famille, & sous les yeux d'une mere qui veille sur sa conduite : ce n'est que vertu, que douceur, que complaisance ; mais dés que le mariage a mis fin au déguisement, & qu'il ne lui importe plus d'être sage, ni de le paroître, elle cesse de se contraindre, & elle ne suit plus que son tempérament, & son humeur.

L'une chagrine & ennemie

déclarée des plaisirs les plus in-
nocens, donne dans une dévo-
tion outrée : l'autre depuis le
matin jusqu'au soir crie, gronde,
& met en fuite Parens, Domes-
tiques, & Mari : celle-cy s'érige en sçavante,& sa dédaigneuse
Philosophie luy fait regarder
avec mépris un Epoux, qui ne
sçait parler ni de corpuscules ni
d'atomes : celle-là se glorifie
d'une ignorance grossiere, &
croit que toute la sçience d'une
femme doit se borner à sçavoir
coudre & filer. Celle-cy tient
un Bureau de coqueterie, & n'a
jamais assez de Galans : celle-là
dresse un tournoi de Bassette,
ou de Lansquenet, & combat à
outrance contre tous venants.
Toutes enfin veulent être maî-
tresses, pas une ne veut obéir.

Si vous voulez donc que je m'engage fous les loix de l'Hyménée, cherchez moi une jeune beauté, qui foit fans vanité & fans orgüeil ; qui ne foit ni prétieufe, ni dévote, ni joüeufe, ni coquette : qui foit douce & obéïffante ; & je la prendrai dés que vous l'aurez trouvée.

A ces mots le Prince monte brufquement à cheval, & court à perte d'haleine joindre fa meute qui l'attend à l'entrée d'un bois. Il y trouve fes Chaffeurs couchez fur l'herbe ; tous fe levent à l'inftant, & fe jettant legérement fur leurs courfiers, le fuivent dans les routes ferrées de la Foreft. Le Cerf eft donné aux chiens ; les coteaux & les vallons, les bois & les rochers, tout retentit du fon des Cors, du hennissement des chevaux, & du cry pénétrant & confus d'une meute nombreuse. Les Echos des environs redoublent le bruit & le multiplient sans fin. Le silence qui regnoit dans la Forest est contraint de s'enfuïr, & de s'aller cacher dans quelque grote profonde; la Forest elle-même s'émût, & les Driades éperduës se couvrent comme elles peuvent de l'écorce des arbres & de leurs rameaux épais.

Le Prince ou par un pur hasard, ou peut-être conduit par son heureux destin, prit une route détournée. Il s'apperçoit bien-tôt qu'il est seul. Plus il court, plus il s'égare, plus il se sépare de sa troupe; il s'en éloigne à tel point, qu'il n'entend plus ni le bruit des chiens, ni celui des Cors.

L'endroit où le mena son avanture, étoit un Bocage orné d'une verdure naissante, & coupé d'un ruisseau qui couloit entre deux rives fleuries. La nature simple & naïve s'y faisoit voir si pure & si belle, que le Prince saisi d'un certain respect religieux benit mille fois l'erreur qui l'avoit conduit dans un lieu si charmant.

Il s'abandonnoit à une douce réverie, & promenant ses régards curieux de tout côtez, il cherchoit dans de nouveaux objets de nouveaux plaisirs; lorsqu'il se sentit fraper tout à coup par l'objet le plus aimable qu'il eut jamais vû. C'étoit une jeune Bergere qui assise sur un gazon tendre & menu filoit, en gardant son Troupeau.

Les cœurs les plus sauvages n'auroient pû tenir un moment contre tant de charmes. Son teint
composé d'un doux & impercep-
tible mélange du vif incarnat de
la Rose, & de l'éclatante blancheur du Jasmin, conservoit sa
fraîcheur naturelle à la faveur de
l'ombre dont ce bocage étoit en
tout tems couvert. Ce n'est pas
que ce mélange agréable de ces
deux aimables couleurs se tint
toûjours dans une parfaite éga-
lité: l'incarnat prenoit souvent le
dessus, & alors mille traits brillans
sortoient du fond de ce coloris,
inimitable à tout l'art des Pein-
tres. Ses yeux n'étoient ni bleus,
ni noirs ; mais ils avoient tout
le feu piquant des noirs, & toute
la douceur engageante des bleus,
mais qui oseroit entreprendre de

peindre toutes les graces de sa bouche façonnée, & autour de laquelle un doux sourire sembloit voltiger sans cesse ; la parfaite rondeur qui terminoit le bas de son visage, aussi bien que la forme de sa gorge, que sa modestie, vertu si peu connuë des femmes de ce siécle, prenoit un soin extrême de cacher. Sa taille étoit médiocre, mais aisée ; l'embonpoint y étoit ménagée de telle sorte, qu'on ne pouvoit ni en diminuer, ni en ajoûter sans lui faire perdre cette juste proportion qui en fait toute la beauté.

Le Prince avoit toute son ame dans ses yeux ; il se glisse le long d'un buisson pour la contempler de plus près, mais le bruit qu'il fit en passant obligea la Bergere à tourner la vûë de ce côté-là. Dès qu'elle l'apperçut, elle rougit, & ce nouvel incarnat répandit de nouveaux charmes fur fon vifage, en y mettant cet air touchant d'une timide pudeur qui plaît fi fort dans les jeunes perfonnes. Sous le voile de cette aimable pudeur le Prince découvrit cette finceri-té, cette douceur, cette fimplicité dont il avoit crû jufqu'alors le beau fexe incapable. Interdit, & plus timide qu'elle, il luy dit d'une voix tremblante : Qu'il a perdu la trace de fes Veneurs, & il lui demande fi elle n'a point vû paffer la chaffe. Seigneur, lui répondit-elle, rien n'a paru dans ce Bois, & vous êtes le feul qui y foyez venu ; mais n'ayez aucune inquiétude, je

vous remetterai dans le chemin.
Je ne puis asséz remercier le
Ciel de mon heureuse deſtinée,
répartit le Prince , je frequente
ces lieux depuis long‑tems ;
mais j'avois ignoré juſqu'au‑
jourd'huy , ce qu'ils avoient de
plus prétieux. Dans le moment
le Prince ſe baiſſe ſur le bord
du ruiſſeau , pour étancher la
ſoif ardente qui le preſſe ; atten‑
dez , s'il vous plaît , Seigneur ,
lui dit-elle , & courant promp‑
tement vers ſa cabane , elle y
prend une Taſſe qu'elle préſente
avec joye & de la meilleure
grace du monde à ſon nouvel
Amant. Les Vaſes les plus pré‑
tieux où l'Or brille ſur le Criſ‑
tal & l'Agathe n'eurent jamais
pour lui autant de beauté que
cette Taſſe de terre que la Ber‑
gere lui preſenta.

Cependant elle rentre dans le Bois marchant la premiere, & servant de guide au Prince parmi les diverses routes qui coupent la Forest, elle le conduit par des sentiers écartez, & qu'elle connoit jusques aux derniers arbres, d'où il apperçoit de loin les Pavillons dorez de son Palais.

A peine se fut-il séparé de la Bergere, qu'il commença pour la premiere fois à soupirer. Il marche lentement, quelquefois même il s'arrête, il tourne la tête vers la Forest, son cœur y étoit resté.

Au bout de trois jours qui lui parurent bien longs, il ordonne une partie de chasse; mais s'étant secretement dérobé de ses gens il reprend le chemin de la Foreſt, & guidé par ſon amour, il arrive au charmant bocage, & y retrouve ſa jeune Bergere. Il apprend qu’elle s’appelle Griſelidis, qu’elle n’a plus que ſon Pere, qu’ils vivent du lait de leurs Brebis, & que de leur laine, qu’elle file ſeule, ils font leurs habits eux-mêmes.

Plus il la voit, plus il ſe ſent enflâmer : dans un entretien qu’il eut avec elle, il découvrit dans ſon ame mille beautez, mille dons précieux dont le Ciel l’avoit enrichie. Que de lumiéres dans ſon eſprit, que de grandeur & de nobleſſe dans ſes ſentimens, que de candeur & de naïveté dans ſes paroles. Une pieté ſincere envers Dieu, un amour tendre pour un Pere déja avancé en âge ; une humble opinion d'elle-même , voilà ce qui faifoit le caraĉtere de la Bergere Grifelidis. Le Prince Amédée en fut fi charmé , qu'il s'écria dans fon tranfport , Ah ! fi ma Bergere eft fi belle , c'eft qu'une legere étincelle de fon ame vertueufe a paffé dans fes yeux. Il fentit une extrême joye de ce que fes premieres amours étoient fi bien placées. Ainfi fans tarder davantage , il fit , dès qu'il fut de retour à la Ville, affembler fon Confeil , & luy parla de cette forte.

Enfin felon vos vœux , je me range fous les loix du mariage : je prens une femme , non dans un Païs étranger, mais parmi vous : belle , fage , bien née : & en cela je fuis l'exemple de mes Ayeux. Vous ferez dans peu informez de mon choix.

Dés que cette nouvellé fut fçûë, on ne peut dire qu'elle fut l'allegreſſe publique ; & en combien de manieres elle s'expliqua. Les plus religieux coururent aux Temples remercier Dieu de cet heureux changement ; les Poëtes de la Cour ſe ſignalerent par des Epigrammes & des Sonnets, quelques-uns mêmes allerent juſqu'à ébaucher l'Epitalame du Prince. On alluma des feux dans les Places de la Ville ; on compoſa des Deviſes ; on fit des illuminations, on dreſſa des tables au milieu des Ruës.

Mais qui s'intereſſa le plus à ce grand évenement ? ce furent les Belles de la Ville, & ſur

tout

tout celles de la Cour : il n'y en eut pas une qui ne se flatât d'être celle sur qui devoit tomber le choix d'Amedée. On prit un air modeste, on couvrit sa gorge, on allongea ses manches, on congedia tous les Arhans ; on sçavoit que le Prince aimoit la modestie dans le Sexe.

Cependant on travaille avec une extrême diligence aux préparatifs de la nôce : tous les arts sont en mouvement. Ici se font des chars d'une forme toute nouvelle, l'or y brille de toutes parts. Là on dresse des Arcs triomphaux, où l'on voit exprimée dans des bas reliefs la victoire que l'Amour a remportée sur le cœur du Prince : Ici on prépare un ballet dont les differentes Entrées représentent les biens & les plaiſirs durables que l'himenée produit. Là le Bourgeois empreſſé dérouille ſes armes antiques, met des plumes à ſon chapeau, & marche fiérement vers la grande place pour aſſiſter à la revûë generale qui s'y doit faire de ſes paiſibles Citoyens. Tout ſe remuë, tout s'agite, tout s'anime dans Saluſſes pour cette grande feſte.

Il arriva enfin, ce jour ſi déſiré & les trompettes & les clairons, les timbales & les tambours, les muſettes & les hautbois l'annoncerent dés qu'il parut. En un moment tout ſe leve ; le peuple curieux & avide de ſpectacles ſe répand de tous côtez. Les Dames mêmes, contre leur ordinaire quittent leur lit aux prémiers rayons du Soleil:

les filles qui prétendent à l'honneur du choix que le Prince doit faire ce jour-là, sont les plus diligentes à leur toilette, mais comme l'espérance, & la crainte les ont tenu éveillées toute la nuit, elles appréhendent que leur teint ne soit moins vif, & leur yeux moins brillans : elles n'oséroient toutefois emprunter la main du Parfumeur, & rehausser leur beauté avec les lis & les roses qu'il leur a vendus; si le Prince venoit à s'en appercevoir, ç'en seroit assez pour recevoir l'exclusion : & il n'en est aucune qui n'espere,

Le Marquis enfin entouré de sa Cour sort de son Palais : il monte un fier Coursier de Naples, dont le harnois est tout étincelant de pierreries. Il s'éleve dés qu'il paroit un long cri de joye, mais on eſt étrangement ſurpris, quand au premier détour, on le voit prendre le chemin de la Foreſt. Voilà, dit-on, ſon penchant qui l'emporte, malgré l'amour, & en dépit de toutes les belles, la chaſſe ſera toûjours ſa paſſion dominante.

Cependant Amédée traverſe rapidement la plaine & gagnant la montagne, il ſe jette dans le bois, & arrive enfin à la cabane, où loge la belle Griſelidis.

Dans le moment la Belle en ſortoit ſur le bruit qui s'étoit répandu dans ſon hameau, que la céremonie du mariage du Prince ſe devoit faire ce jour-là, elle alloit prendre quelqu'une de ſes Compagnes pour aller en-

semble en voir la pompe magnifique. Où courez-vous belle Grifelidis , lui dit le Marquis en
l'abordant & en l'arrêtant ; de-
meurez , & ne craignez point
que la nôce se fasse sans vous.
Oüi Bergere , je vous aime , &
je vous ay choisie entre mille
jeunes beautez pour passer le
reste de mes jours avec vous :
si toutefois vous daignez écouter mes vœux. Ah ! Seigneur ,
dit-elle , je n'ay garde de croire
qu'une pauvre Bergere comme
moi soit destinée à ce comble
d'honneur. Vous cherchez sans
doute à vous divertir : non non,
répliqua précipitament le Prince , je suis sincere , j'ay déja
vôtre Pere pour moi , il ne tient
plus qu'à vous , que mon bonheur ne soit parfait ; refuseriez

vous d'y confentir ; Jurez-moi feulement, ajouta-t'il (ne s'étant pas encore défait de fon ancienne prévention contre le fexe) jurez-moi que vous n'aurez jamais d'autre volonté que la mienne.

Je le jure , répondit-elle & je vous le promets , je fçais que l'obéiſſance eſt notre partage. Helas ſi j'avois épouſé le moindre des Bergers de ce hameau je lui obéïrois ; ſi donc je viens trouver en vous mon Epoux & mon Seigneur , puis-je ne vous pas obéïr.

Ce fut ainſi que fe déclara le Marquis : Tous les Courtiſans applaudirent à fon choix. La flaterie n'eut point de part à ces aplaudiſſemens & ce fut peut-être pour la prémiere fois que des gens de Cour furent sinceres.

Le Prince cependant porte doucement la nouvelle Marquise à souffrir qu'on la pare des ornemens qu'on donne aux Epouses des Souverains. Les Dames que cet emploi honorable regardoit entrent dans la cabane, & là déployent sur une magnifique toilette un riche habit, & toutes les autres parures qui composent l'ajustement complet & nombreux des femmes.

Cette petite maison batie de terre & couverte de chaume, étoit ombragée d'un spatieux Platane, aussi beau que celui dont Xerxés devint amoureux. Les Dames en y entrant ne sçauroient assez admirer avec quel art la pauvreté s'y cache sous la propreté.

Enfin la Bergere fort de cette hute champêtre, plus brillante mille fois par l'éclat de sa beauté, que part celui de cette habillement superbe dont on vient de la revêtir. le Prince la voyant ainsi parée. regreta plus d'une fois l'innocente simplicité de ses habits de Bergere, où il l'avoit vûë la premiere fois.

Un char d'ivoire enrichi d'or l'attendoit à la porte de la cabane; elle y monte, & s'y assied pleine de Majesté, & pour ainsi dire déja toute Princesse. Elle ne paroit ni éblouïe, ni embarrassée de sa nouvelle grandeur, & il ne lui reste de la Bergere que ce qui la peut rendre une Princesse accomplie. L'heureux Amédée monte sur le même Char, se place auprés d'elle, & plein de cette noble fierté qui brille dans les yeux d'un Conquerant au sortir d'une victoire; Il ne se trouve pas moins glorieux d'être assis au côté de sa Bergere, qu'à marcher en triomphe aprés, la conquête d'une Province. Toute la Cour environne le char, & tous dans la marche gardent le rang que leur donne ou l'éclat de leur naissance, ou la dignité de leur charge.

Presque toute la Ville avertie du choix du Prince étoit sortie à la campagne, & le peuple s'avançant toujours, couvroit tout le chemin qui conduit à la forest, & se répandoit à droit & à gauche dans la plaine. Dés que le char parut, il s'éleva de toutes parts un cri de joye qui remplit tout l'air, & fit comme trembler la terre. Le son des

timbales & des trompettes ne
fut plus entendu, ces applau-
diſſemens avoient pris le deſſus,
& formoient aux oreilles du
Prince un concert mille fois plus
agréable. On ſe preſſe, on
s’aproche le plus qu’on peut du
char, la foule eſt ſi grande qu’il
n’avance qu’à peine; les chevaux ſe cabrent, ou s’élencent,
ou reculent : les cris de joye redoublent, la foule augmente,
le Prince a deffendu à ſes Gar-
des de repouſſer le peuple.

On arrive enfin au Temple: &
là les deux Epoux uniſſent leur
deſtin par une éternelle chaine
d’une promeſſe ſolemnelle. Du
Temple ils ſe rendent au Palais, où les attendent diverſes
troupes d’amours, de jeux, &
de plaiſirs, qui rempliſſent

tous les appartemens de ce superbe & delicieux sejour. Le lendemain de cette pompeuse journée, les Etats de la Province vinrent haranguer le Prince & la Princesse par la bouche de leurs chefs ; Grifelidis environnée de ses Dames sans s'étonner, & sans paroître en aucune maniere déconcertée, les écouta en Princesse, & leur répondit en Princesse, mêlant la douceur avec la Majesté, & temperant par des manieres obligantes, & un air populaire, la fierté rebutante attachée à la souveraineté. Elle fit toutes choses avec tant de sagesse & de prudence, qu'il parut bien que le Ciel l'avoit fait naitre plutôt pour gouverner un peuple, que pour conduire des brebis. On la vit en un

inſtant paſſer de la vie champêtre, à la vie de la Cour, ſans
qu'on pût remarquer ce paſſage.
La Bergere Griſelidis diſparut
dés le premier jour qu'elle entra
au Palais, & l'on ne vit plus en
ſa place que la Marquiſe de Saluſſes, ornée de toutesles vertus,
de toutes les lumieres, de tous
les agrémens qui peuvent faire
une grande & une aimable Princeſſe.

Avant la fin de l'Année,
le Ciel benit leur couche des
fruits du Mariage. Il leur nâquit,
non un Prince à la verité, on
l'eut ſouhaité ſans doute ; mais
la Princeſſe qui leur fut donnée
avoit tant de beauté qu'elle les
conſola aiſément de n'avoir pas
eu un fils. Le pere l'alloit voir
preſque tous les momens de la

journée, & la mere ne la qui-
toit pas de vûë un seul moment.
Elle voulut elle même la nourir.
Ah ! dit-elle, comment pour-
ray-je m'exempter de rendre à
mon enfant cet office de mere,
que ses cris me demandent, &
que la nature m'ordonne. Vou-
drois-je n'être mere qu'à demy.

Cependant, soit que le Prince eut l'ame moins enflammée
que dans les premiers jours de
son mariage, ce qui n'est que
trop commun même parmi les
époux les plus raisonnables; soit
que son humeur magline qui
voit paru s'éteindre, se fut ralu-
mée tout de nouveau & que
le son épaisse fumée elle eut
obscurci ses sens, sa raison &
son cœur; quoiqu'il en soit, il
imagine voir peu de sincerité

dans tout ce que fait la Princesse
il soupçonne de l'artifice ou de
la politique dans la maniere sou-
mise & respectueuse dont elle se
conduit envers lui ; sa tendresse
même & les témoignages con-
tinuels qu'elle lui en donne lui
deviennent suspects : il porte sa
bizarrerie jusqu'à trouver sa
trop grande vertu importune
elle le blesse, il croit que c'es
un piege qu'on tend à sa credu-
lité ; son esprit inquiet & trou-
blé par des phantômes que son
imagination alterée lui presente
ajoûte foy à tous ses injustes
soupçons, il veut à quelque prix
que ce soit, douter de l'excés de
sa felicité.

Mais il prend une étrange
voye pour se guerir de ses chagrins, plus propre sans doute

l'y plonger encore plus avant qu'à l'en délivrer. Il s'attache à tous les pas de sa vertueuse Epouse, comme une ombre sortie de l'Enfer pour la persecuter. Il l'obſerve, il aime à la troubler : ennuis, contrainte, terreurs, il met tout en uſage pour la rendre malheureuſe, & ſe rendre malheureux avec elle ; Il prétend, dit-il, par là démêler la verité d'avec la feinte. C'eſt trop, continuë-t-il, c'eſt trop me laiſſer abuſer par la conduite équivoque d'une femme qui n'a peut-être qu'une vertu apparente & qu'un amour ſimulé.

Il ne veut plus qu'elle ſorte de ſon Palais, il la tient enfermée dans une chambre, où à peine il laiſſe entrer le jour.

Perſuadé , que les ajuſtemens ,
& la parure ſont non ſeulement
un agréable amuſement pour
les femmes , mais leur paſſion
dominante ; il lui redemande
avec rudeſſe les Pierreries & les
Bijoux qu'il lui donna le jour
de leur Mariage pour marques
de ſa tendreſſe. Elle dont la vie
eſt ſans la moindre tache , &
dont la conſcience pure & innocente ne lui reproche pas même
une ſeule penſée contre ſon devoir , les lui rend ſans en reſ-
ſentir la moindre peine , & s'ap-
percevant que ſon Epoux les
reprend avec joye , elle n'en a
pas moins à les lui rendre , qu'-
elle en eut quand il les luy
donna.

Je vois bien , dit - elle , que
mon Epoux ne me fait ſouffrir
que

que pour réveiller ma vertu
languiſſante : rien n'eſt plus fu-
neſte à la vertu qu'un long repos. J'adore en cela la conduite
du Seigneur ſur moi, elle eſt
d'un Pere plein de bonté. Il veut
exercer ma conſtance & ma foi,
pour les rendre plus vives &
plus ſolides. Helas tandis qu'-
une infinité de malheureuſes
livrées à leurs paſſions ou cri-
minelles, ou peu éloignées du
crime, marchent par des voyes
écartées , & courrent aprés de
vains plaiſirs ; tandis que le Seigneur lent à punir, les laiſſe
aller , ſeduites par l'apparence
d'un bien faux & imaginaire,
juſques ſur le bord du précipice,
ſans les retenir, ni empêcher
leur chute ; ce Dieu par un effet
de ſa miſericorde infinie, me

preferve du danger en m'ôtant les occafions de m'y jetter : Il détourne de devant mes yeux tout ce qui pourroit ou corrompre, ou affoiblir la fidelité que je lui dois : il m'aime puifqu'il prend foin de me corriger : puis-je par trop de fouffrances ache- ter un amour fi précieux ! Ai- mons donc cette rigeur ; elle m'eft utile, & elle me fera glo- rieufe. Un Chrétien n'eft heu- reux en ce monde, qu'autant qu'il fouffre, & les vrais plaifirs font refervez pour l'éternité.

Une foumiffion fi entiere, un defintereffement fi pur ne touchent point le Prince, il per- fifte dans fon erreur ; toutes ces marques d'une vertu fincere, & d'un amour parfait, ne fer- vent qu'à l'endurcir davantage.

Je vois, dit-il, la cause du peu de succés qu'on produit jusques ici les mauvais traitemens que Griselidis reçoit de moi, c'est que tous mes coups n'ont frapé que des endroits où son amour n'est plus ; il faut les porter sur l'objet qui fait maintenant toute la sensibilité de son cœur. Il faut que je la fasse souffrir dans son Enfant, dans la jeune Princesse, dans sa chere Eugénie : Elle y a mis toute sa tendresse, & peut-être celle qu'elle me doit ; voilà l'endroit sensible qu'il faut fraper ; l'épreuve fera rude, mais elle fera sure, elle fera convaincante. Si elle la soûtient sans foiblesse, je ne douterai plus de la sincerité de son amour ; si elle y succombe, je ne douterai plus que son amour ne foit faux, auffi bien que fa vertu; par ce moyen tous mes doutes feront éclaircis: ou Grifelidis me fera plus chere que jamais, ou je ferai en droit de la punir de m'avoir efté chere.

Avec ce beau raifonnement qu'on a peine à croire avoir pû être conçu dans la tête d'un homme auffi fage & auffi moderé que l'étoit Amedée; ce Prince fe rend à l'appartement de la Marquife. Elle tenoit alors entre fes bras fa chere Eugénie qui fe joüoit avec elle, & lui fourioit en la regardant. Je vois que vous l'aimez, lui dit-il, en l'abordant brufquement, cependant il faut vous refoudre à ne plus la voir, on va vous l'ôter, & il eft à propos que cela foit ainfi: elle ne pourroit prendre avec vous que de mauvais airs : & comment dans un âge si tendre, où il faut commencer à lui former les mœurs, pourriez-vous lui inspirer les vertus, la politesse & les manieres propres d'une Princesse, vous qui n'avez été élevée qu'au Village. Mon heureux sort m'a fait trouver une Dame d'esprit qui aura soin de l'éducation de ma Fille, & sçaura l'élever comme la Fille d'un Prince, & non comme celle d'une Bergere. Disposez-vous donc à la quitter, faites-lui vos adieux, on va venir tout à l'heure pour l'emporter.

A ces mots il la quitte, n'ayant ni le cœur, ni les yeux assez inhumains, pour luy voir arracher d'entre les bras, l'unique gage de leur amour. Cepen-

dant la triste Griselidis toute
baignée de ses larmes, attendoit
le moment qu'on luy enlevât
ce qu'aprés son Epoux elle avoit
de plus cher au monde. Dés
qu'elle apperçut celui qui venoit
executer un ordre si cruel : il
faut obéïr, dit-elle : puis elle
prit son Eugenie, la considera
quelque temps, la serra sur son
sein, tandis que l'Enfant la ser-
roit aussi de ses petits bras, &
enfin la livra.

Assez près de la Ville, mais
dans un lieu fort solitaire, étoit
un Monastere fameux par son
antiquité, où cent Vierges con-
sacrées à Dieu s'exerçoient nuit
& jour dans des pratiques con-
tinuelles d'une pénitence auste-
re, sous la Regle de S. Bernard,
qui refleurissoit & reprenoit une

nouvelle vigeur dans cette fainte folitude. Une Abbeffe illuftre par fa pieté, par fon efprit, & méme par des connoiffances au deffus de fon Sexe conduifoit ce facré troupeau de Vierges, plus éclatantes encore par la candeur de leurs mœurs, que par la blancheur de leur habit. Ce fut là que l'on dépofa l'Enfant, fans déclarer fa naiffance : on la confia aux foins de la Supérieure, qu'on força d'accepter une petite caffette pleine de Pierreries, pour fervir, difoit-on, de Dot à la nouvelle Penfionnaire, foit qu'elle voulut fe faire Religieufe, foit qu'elle aimât mieux s'engager fous les Loix du Mariage.

Le Marquis preffé du vif remors de fa cruauté, tachoit de

l'éloigner de lui par le continuel & violent exercice de la chasse. D'ailleurs malgré sa dureté, il craignoit de revoir sa triste mere, comme on craint de rencontrer une fiere Tigresse à qui on a enlevé son Faon. Cependant il en fut traité avec douceur, avec caresses, avec cette même tendresse qu'elle lui témoignoit aux plus beaux & aux plus sereins jours de sa vie ; nul reproche, nulle plainte, nul soupir ne fut entendu : tout étoit calme au dehors, tandis que le trouble étoit au dedans. Quels efforts ne fut-elle point obligée de faire, cette Mere désolée, pour cacher sa douleur, & pour ne donner à son injuste & barbare Epoux aucune marque du moindre mécontentement ?

Le

Le Ciel la fortifia en une con-
jonĉture ſi délicate , il la ſoutint
contre les mouvemens de la
nature les plus legitimes , & il
lui ſoumit les paſſions les moins
traitables , le dépit , la colere ;
Une complaiſance ſi prompte
& ſi parfaite , ne put qu'elle ne
toucha le Marquis : il en fut
ébranlé , mais il n'en fut pas
converti. Il reſolut même de
pouſſer l'épreuve encore plus
loin , (& le pouvoit-il) ſon chagrin qui demeuroît toûjours le
plus fort lui en ſuggera un nouveau moyen , & il crut avoir
trouvé enfin celui de mettre à
bout la patience de ſon Epouſe.
Il lui vint dire deux jours après,
que leur Enfant étoit mort :
Quelle mortelle bleſſure au
cœur de la tendre Griſelidis !

Cependant malgré la douleur qu'elle en reſſentoit, s'étant apperçûë que le Prince changeoit de couleur, elle parut oublier ſa perte, & n'avoir plus d'autre penſée que de conſoler ſon Epoux. Sa tendreſſe ſe tourna toute vers ce cher Epoux qu'elle croyoit auſſi affligé qu'elle : elle eſſuya ſes larmes feintes, & s'empreſſa avec des paroles toutes enflamées de l'amour conjugal de le conſoler d'une douleur qu'il ne ſentoit pas.

Le Prince ſembla ne pouvoir tenir contre ce dernier trait : cette bonté, cette tendreſſe ſans exemple, cet amour conjugal plus vif & plus ardent que jamais, l'avoit à moitié deſarmé : il commencoit à ſe vouloir rendre, & il étoit ſur le point de

découvrir à cette Mere affligée,
que la nouvelle qu'il venoit de
lui donner de la mort de leur
Enfant, étoit fauſſe, lorſque ſa
bile reprenant le deſſus, lui dé-
fend de rien découvrir d'un
myſtere qu'elle lui fait connoître
lui pouvoir être encore utile
pour venir à bout de ſon premier deſſein. Depuis ce jour ils
ne laiſſerent pas de vivre dans
une parfaite union ; leur amour
mutuel ſe ſoutint toûjours, &
le Marquis ceſſa durant quelques
années, d'exercer la patience de
ſa vertueuſe Epouſe.

Quinze ans ſe paſſerent ainſi
dans une aſſez grande tranquil-
lité ; Griſelidis aimant toûjours
ſon Epoux avec la même ardeur;
& le Marquis de ſon côté répon-
dant par une ardeur réciproque

à celle que Griſelidis avoit pour lui : Une complaiſance mutuelle entretenoit l'union , qui dura tout ce temps , ne fut point troublée par l'humeur chagrine du Prince.

Cependant la Princeſſe Eugénie (car c'eſt le nom qui lui fut donné lorſqu'elle entra dans le Monaſtere , & celui qu'elle porta toûjours depuis) croiſſoit de jour en jour en ſageſſe & en beauté.

Un Chevalier l'ayant vû par hazard un jour à la grille , conçut pour elle une violente paſſion , & la belle Penſionnaire par cet inſtinct naturel qui fait connoître aux belles perſonnes les bleſſures que font leurs yeux, au moment même que leurs traits ont porté , fut informée de la défaite du jeune Chevalier.

Il étoit difficile que son cœur se deffendit de tant d'attraits. La Princesse étoit pour lors dans sa quinziéme année ; son visage qui conservoit encore quelques traits de la beauté naïve de l'enfance, dont elle ne faisoit que de sortir, brilloit des plus vives couleurs. Ses yeux du plus beau bleu du monde ne ressembloient pas moins au Ciel par leur éclat, que par leur couleur. Son teint comme celui de la Marquise sa Mere étoit peint de cet aimable coloris, que la nature employe bien plus heureusement que l'art. Sa taille qui se formoit peu à peu faisoit déja voir la finesse dont elle seroit un jour : pour sa gorge comme elle n'étoit encore que naissante, on n'en pou-

voit pas porter un jugement af-
furé. On pouvoit feulement
conjecturer que dans peu elle
ne le cederoit plus qu'à la Marquife. Les qualités de fon efprit
répondoient aux graces exte-
rieures qui brilloient en fa perfonne. Elle l'avoit vif , pene-
trant, capable de recevoir les
belles & agréables connoiffances
dont on voudroit l'orner ; on
lui auroit fouhaité un peu plus
d'attention à vouloir plaire, non
par de vaines parures, ni par le
fecours de l'art , & des graces
étrangeres & empruntées ; mais
par les charmes d'une humeur
douce & complaifante , par un
air affable , mais modefte ; &
par cette aimable pudeur qui
fied fi bien aux jeunes perfonnes. Ceux qui avoient l'honneur

de l'approcher prenoient quelquefois la liberté de lui reprefenter que la beauté, la naiffance, les talens les plus exquis, & toutes les perfections dont la nature prodigue peut avantager une jeune perfonne, font peu de conquêtes, & n'ont prefque aucun pouvoir d'affujettir les cœurs, fi elles ne font accompagnées de la bonté, de la douceur, & de manieres prevenantes qui foumettent les volontez les plus rebelles, & forcent les cœurs les plus indomptables à fe rendre. On lui remettoit même fouvent devant les yeux l'exemple de l'incomparable Grifelidis, vers laquelle tous les cœurs voloient dés le moment qu'elle paroiffoit : & on l'affuroit que ce qui produifoit cet effet, étoit fa douceur, & fa bonté: c'étoit là le charme invincible qui attiroit tout à elle; car quoiqu'elle joignît à toutes les perfections du corps, les qualités de l'efprit les plus excellentes, peut-être que fans la douceur & la bonté, elles n'auroient produit que l'admiration & l'eftime, fans faire naître l'amour & la tendreffe: c'étoit un tribut que tout cœur devoit à l'aimable Marquife, & qu'on lui payoit avec un plaifir extrême.

La jeune Eugenie après avoir refifté quelque temps au mérite du Chevalier fe vit enfin obligée de fe rendre, & fi elle en étoit tendrement aimée, Elle l'aimoit auffi de fon côté avec une égale tendreffe. Il étoit

beau, vaillant, spirituel, né
d'Ayeux illustres. Comme il
étoit naturellement porté au
bien, il ne se faisoit aucune violence pour mettre en pratique
les vertus les plus heroïques,
& les moins communes. Sur
tout il avoit soin de se préserver
des défauts qui décrient si fort
les jeunes Courtisans; on ne lui
voyoit point ces airs éventez,
ces manieres impolies, ce liberti-
nage grossier des petits Maîtres.
Il étoit discret, sage, moderé,
ayant un respect infini pour les
Dames, devant qui il ne prenoit
jamais de ces libertez indécen-
tes & si opposées à la veritable
politesse.

Un mérite si achevé dans une
aussi grande jeunesse, attiroit
sur lui les regards de toute la

Cour, & lui avoit même gagné l'eſtime & la tendreſſe du Prince, qui jettoit les yeux ſur lui pour en faire ſon Gendre. Mais il lui prit une envie bizarre, & qui étoit bien de ſon genie, de faire acheter cher à ce couple d'Amans le bonheur qu'ils ſouhaitoient encore l'un & l'autre avec tant de paſſion. Je les rendrai contens, diſoit-il, mais il faut que les noirs chagrins, les ſombres inquietudes, les craintes, & les défiances éprouvent leur amour ; je veux mettre leur conſtance à bout. Je veux auſſi exercer la patience de mon Epouſe : mais ce ne ſera plus pour m'aſſurer de ſon cœur, & de la ſincerité de ſa tendreſſe, je ne dois plus douter de ſon amour ; mais pour faire éclater

aux yeux de toute la terre sa
bonté, sa sagesse, sa douceur,
& que par là sa gloire vole par
tout le monde. Je prévois que
toute la posterité chantera ses
loüanges, & que le nom de
Grifelidis sera plus fameux dans
les Siécles avenir, que celui de
tant de Rois & de Souverains,
de Reines & de Princesses enseve-
veli dans l'obscurité, dont leur
peu de merite l'aura couvert.

Il déclare que se voyant sans
lignée à qui le gouvernement
de ses Etats pût être transmis
après sa mort, la fille qu'il avoit
euë de la Bergere Grifelidis
étant morte presque aussi-tôt
qu'elle étoit venuë au monde :
Il avoit resolu afin de pourvoir
au repos de son peuple, de se
procurer au plutôt un Succes-

seur, par un Mariage mieux af-
sorti, & plus digne de lui que le
premier. Que pour cet effet, il
avoit jetté les yeux sur une
jeune personne d'une naissance
illustre, qu'on élevoit en un
Convent, par son ordre, depuis
quinze ans, & qu'il prétendoit
dans peu de jours couronner en
elle la beauté, la vertu, & la
noblesse du sang, & satisfaire
en même temps la tendresse
qu'il avoit pour elle.

On jugera aisément quelle
atteinte mortelle une pareille
déclaration porta au cœur des
deux jeunes Amans. Ensuite le
Prince avertit Griselidis qu'il
falloit qu'il se séparât d'elle, &
il eut bien la dureté de lui dire,
sans beaucoup la ménager, que
la Noblesse de ses Etats indi-

gnée de la baſſe naiſſance de celle qu'on lui avoit donnée pour Souveraine, le forçoit de paſſer à un ſecond mariage plus ſortable que celui qu'une folle paſſion lui avoit fait contracter avec une perſonne ſi fort au deſſous de lui. Il faut, continua t'il, vous en retourner dans vos Bois, après avoir repris vôtre habillement de Bergere, que j'ai eu ſoin de vous faire préparer.

La Marquiſe entendit tranquillement prononcer ſa Sentence ; ſon viſage n'en perdit rien de ſa douceur & de ſa beauté ; mais ſon cœur preſſé de douleur l'exprimoit par de groſſes larmes qui tomboient de ſes beaux yeux & qu'elle prenoit ſoin de cacher. Vous êtes mon Seigneur & mon Epoux, (dit-

elle en foupirant & prête à s'é-
vanoüir) & quelque affreux que
foit pour moi ce que je viens
d'entendre , le plaifir que j'ay à
vous obéïr m'en adoucit toute
l'amertume.

Elle fe retira auffi-tôt feule
dans fa chambre , où fe dépoüil-
lant de fes habits de Princeffe ,
elle reprit fans rien dire ceux
de Bergere. Rentrant enfuite
dans l'appartement du Prince ,
elle lui parla ainfi : avant que de
me mettre en chemin pour retourner dans la cabane où je
fuis née , je viens , Seigneur ,
(car je n'oferois plus vous ap-
peller mon Epoux) je viens me
jetter à vos pieds , pour vous
demander pardon de vous avoir
déplû.

Je puis fupporter tout le poids

de ma mifere ; mais je ne me fens pas affez de force pour foûtenir tout le poids de vôtre couroux. Accordez-moi donc, Seigneur, le pardon que je vous demande, & je vivrai, finon heureufe, du moins avec quelque confolation dans le trifte lieu où je vais traîner le refte de mes jours, fans que jamais le temps puiffe alterer ni mon amour ni mon refpeĉt.

Tant de foumiffion dans une Epoufe, & tant de grandeur d'ame dans une fimple Bergere, réveillerent en ce moment dans le cœur du Prince, les trais les plus vifs de fa premiere flame. Touché de tant de vertu il balançoit, & alloit révoquer le baniffement de l'infortunée Grifelidis ; il avoit déja fait quel-

64

quer pas pour l'embrasser , &
mêler ses larmes avec les siennes ; lorsque cette gloire hau-
taine & imperieuse , d'être fer-
me dans ses resolutions , qui
maitrise les Princes avec encore
plus de violence que le commun
des hommes , ou plutôt la mau-
vaise honte , qu'à tout homme
d'avoüer qu'il a failli ; ce senti-
ment si peu conforme à l'ignorance & à la foiblesse de la nature humaine l'emporta dans
l'esprit du Marquis sur la justice,
& sur son amour. Honteux d'a-
voir hesité un moment , il répondit durement à Griselidis ;
j'ai oublié le passé , je suis con-
tent de vôtre repentir , partez ,
& ne differez plus.

Elle part dans le moment , &
jettant les yeux sur son Pere
qu'on

qu'on avoit revêtu de son habit de Villageois, & qui moins constant que son admirable Fille pleuroit amérement un changement de fortune si prompt, & si peu attendu ; Retournons, lui dit-elle, mon cher Pere, retournons dans nos Bois, retournons habiter nos sombres bocages, quittons ce Palais, abandonnons sans regret ces superbes Tours ; la magnificence, il est vray ne regne pas dans nos cabanes, mais on y trouve le repos, l'innocence, & la paix.

A peine y fut-elle arrivée, qu'elle reprit sa quenoüille & son fuseau, & s'en alla filer aux bords du même ruisseau, où le Prince l'avoit vûë la premiere fois. Là contente de sa condition préfente, elle s'occupe à faire des vœux pour le bonheur de fon Epoux ; cent fois le jour elle demande au Ciel qu'il le comble de gloire, de richeffes, qu'il rempliffe tous fes defirs : elle ne demande rien pour elle.

Son cœur eft fatisfait : l'amour qu'elle a pour fon Epoux le remplit tout entier : elle n'a plus rien à demander au Ciel. Une feule chofe lui fait de la peine, c'eft de n'avoir pas dès les premiers jours de fa vie aimé ce cher Epoux : elle ne compte fes années que de l'heureux moment qu'elle a commencé à l'aimer, toutes celles qui ont précedé cet inftant fortuné font des années perduës pour elle : quelquefois panchée fur les bords fleuris de ce ruiffeau, elle

se souvient que son cher Prince
s'y pancha de même le premier
jour qu'il s'offrit à sa vûë pour
y étancher sa soif. Elle a conser-
vé le vase de terre qu'elle lui
présenta alors pour boire ; elle
s'en sert; & toutes les fois qu'elle
porte ses levres à l'endroit où
le Prince porta les siennes, elle
soupire tendrement , & mesle
ses larmes au cristal de cette eau
pure & claire. Quelquefois aussi
elle se promene dans les routes
de la Forest , & venant à appercevoir un Cerfs portant sa tête
altiere , ou un Daim leger à la
course , où est vôtre meute ,
mon cher Epoux , dit-elle , cette
meute si docile & si sçavante ;
où est Mélampe si ardent à la
chasse , ou Coridon aux oreilles
pendantes , ou Philine à la tête

de ferpent & au poil couleur
d'ardoife : Philine que j'aimois
tant à careffer, & qui ne me
quittoit que lorfque le bruit du
Cor l'appelloit à vôtre fuite.
Pourquoi, aimable Prince, depuis que vous me tenez icy
éloignée de vos yeux, n'y êtes-
vous point venu faire la guerre
à vôtre ordinaire aux Habitans
de ces Bois ?

Cependant cet Epoux qu'elle
aime fi tendrement, & dont la
rigueur lui fait verfer tant de
larmes, pouffer tant de foupirs,
cet Epoux lui prépare de nouvelles peines : il la veut encore
éprouver. Il lui envoye dire de
le venir trouver. Grifelidis,
lui dit-il, après qu'elle fut arrivée, & qu'elle l'eut falué avec
une profonde humilité, il faut

que la Princesse à qui je dois donner la main, soit contente. Je vous demande donc ici tous vos soins, & je veux que vous m'aidiez à lui plaire. Vous sçavez de quelle maniere j'aime à être servi : que tout soit digne d'elle & de moi, ou pour dire quelque chose encore de plus, que tout sente un Prince amoureux. Employez tout ce que vous avez d'adresse, à parer l'Appartement de ma jeune Epouse : qu'on y voye éclater la magnificence & le bon goût, la richesse & la politesse.

Pour vous porter davantage encore à remplir vôtre devoir dans une conjoncture, où mon amour veut se signaler à l'envi de ma puissance, je veux vous faire voir celle que je vous or-

donne de servir, vous me direz
si elle est digne de tous vos soins
& de tout mon empreſſement.

Telle que ſur un fonds d'azur
paroit en un jour d'Eté la naiſ-
ſante Aurore, telle parût aux
yeux de Griſelidis la jeune Princeſſe, mais plus belle, & plus
brillante que l'Aurore même.
Cette vûë toutefois ne lui cauſe
aucune jalouſie ; mais elle lui
donne une émotion douce : &
ſans que la raiſon lui en ſoit connuë, elle ne lui inſpire que de
l'amour & de la tendreſſe pour
cette jeune beauté. Helas, dit-
elle en elle-même, & en ſoupi-
rant tout bas, ma Fille ſeroit
preſque auſſi grande & peut-être
auſſi belle. Cet amour que l'inſtinct venoit de faire naître dans
l'ame de Griſelidis pour la char-

mante Eugenie, fut dés ce premier moment si vif, & si fort, qu'elle ne pût s'empêcher, après avoir demandé au Prince la permission de lui parler en particulier, de lui représenter ; Que cette jeune Princesse dont il alloit devenir l'Epoux, ayant toûjours été nourrie dans l'éclat, & avec toute la délicatesse, où on l'avoit élevée, ne pourroit supporter, sans peut-être en perdre la vie, les mauvais traitemens qu'il lui avoit fait. Ma naissance obscure, ajoûtoit-elle, une éducation grossiere, & les besoins de la vie m'avoient endurcie au travail & à la peine : je pouvois souffrir, même sans murmurer, les maux les plus accablans ; mais, Seigneur, cette aimable Enfant, qui n'a jamais connu la douleur , mourra dès la moindre rigueur qu'on aura pour elle : une parole un peu dure , un regard un peu severe , helas ! Seigneur , il n'en faudra pas davantage pour lui ôter la vie ; traitez-la avec douceur , je vous en conjure.

Griselidis , reprit le Prince , songez à me servir selon ma volonté & vôtre pouvoir , il ne convient pas à une simple Bergere de faire des leçons , & il ne faut pas qu'elle s'érige en donneuse d'avis. Il vous sied bien , vrayment , de vouloir m'apprendre mon devoir ; songez seulement à vous acquitter du vôtre : A ces mots Griselidis baisse les yeux , & se retire sans oser repartir.

Cependant les Seigneurs qui
avoient

avoient été invitez pour la nôce
arrivent de tous côtez, & s'af-
femblent dans une Salle magnifique, où le Prince fe rendit.
Après qu'il les eut faluez avec
un air de bonté, qui les difpofa
d'abord à écouter avec une ref-
pectueufe attention ce qu'il
avoit à leur dire, il leur parla en
cette forte. Il n'eft rien au monde de plus trompeur que l'apparence : qui ne croiroit que cette
jeune perfonne, dont mon hy-
men va faire une Princeffe, ne
foit heureufe : qui ne croiroit
encore que ce brave Guerrier
qui fe prépare à fignaler fon
adreffe dans le Tournoy qu'on
a préparé pour la folemnité de
mon mariage, ne le voye avec
joye, comme un jour où il doit
fe couvrir de gloire : qui ne

croiroit auſſi que Griſelidis ani-
mée d'une juſte colere, ou ce-
dant à une triſteſſe profonde ne
ſoit ſur le point en reproches
amers contre moi : qui ne croiroit enfin que je vais être le
plus heureux de tous les hommes, en uniſſant ma deſtinée,
à celle de la charmante perſonne
que vous voyez icy briller de
mille attraits : cependant rien
de plus faux que ce qui vous
paroit dans les quatre perſonnes
que je viens de vous nommer.
Eugenie ſe croit malheureuſe en
m'épouſant: ce jeune Chevalier
ſe déſole en perdant l'eſperance
d'être uni à ce qu'il aime : Griſelidis ne ſe plaint point, elle
conſent à tout, & rien n'a pû
pouſſer à bout ſon admirable
patience; enfin je ferois de tous

les Princes le plus infortuné, ſi
l'hymenée me lioit de ſes nœuds
avec l'aimable Eugenie. Je remarque ſur vos viſages l'éton-
nement que mes paroles vien-
nent d'y faire naître, & je vais
le diſſiper, en vous expoſant le
dénouëment de cette Enigme.
Deux mots vont vous l'expli-
quer, & faire évanoüir en même tems tous les malheurs que
je vous ay dépeints.

Sçachez donc (pourſuivit-il)
que la jeune Eugenie eſt ma
Fille; que je la donne à ce brave Chevalier, qui l'aime d'un
amour extrême, & qui en eſt
de même aimé : Sçachez encore
que touché vivement de la patience incroyable, & de l'amour
ſincere & conſtant de ma chere
Griſelidis, que j'avois ſi indi-

gnement chaffée, je la reprens, & que par tout ce que l'amour conjugal a de plus doux, je vais reparer les mauvais traitemens que mon humeur bifarre & mon extravagante jaloufie lui ont fait endurer. Plus je me fuis appliqué par le paffé à l'accabler de déplaifirs, plus je m'étudiray à l'avenir à la combler de contentemens. Je metteray tous mes foins à la rendre heureufe; mon unique bonheur fera de faire le fien, & toute ma felicité dépendra deformais de la fienne. Oüi je veux que tous les fiécles futurs publient fa vertu, & mon repentir, fa gloire & mon amour.

Ainfi, lorfque le jour obfcurci par un nuage épais, femble s'être retiré avant l'heure qui lui est marquée pour faire place à la nuit, & que le Ciel noirci de toutes part, menace la terre d'un affreux orage; si du milieu de ce voile tenebreux il s'échape un rayon de lumiere qui se répande sur le païsage, alors tout rit, tout se ranime, tout reprend sa premiere beauté. De même la joye reparoit dans les yeux, d'où la crainte, la tristesse, & le desespoir les avoient chassez. La jeune Princesse ravie de retrouver un Pere, où elle craignoit un moment auparavant de trouver un Epoux, se jette aux genoux du Prince; le Pere attendri la releve, la baise, & la presente à sa mere, qui la recevant entre ses bras, ne peut qu'à peine par un excès de joye dont elle est

faifie l'y tenir quelque tems,
fans y fuccomber, elle qui a
refifté fi long-tems aux traits
les plus cuifans de la douleur.

On conduifit les deux jeunes
Amans au Temple, où ils fe
jurerent une mutuelle fidelité,
qu'ils fe garderent toute leur vie
felon la remarque judicieufe
d'un Hiftorien de ce tems-là.

Dieu veuille par fa bonté inf-
pirer aux Epoux de nôtre fiécle
le même efprit d'union, & donner fur tout aux femmes le don
de patience fi neceffaire avec
les Maris d'aujourd'huy.

SUR LA

GRISELIDIS

DE M^{le} ALLEMAND DE

MONTMARTIN.

RONDEAU.

GRISELIDIS fut en son
tems parfaite.
D'esprit, de corps, de vertu,
l'on trompette
Par tout son loz. Son plus
grand ornement
Fut patience. Il n'est presente-
ment,
Ni ne sera, Femme en tout si
si complette.
Or croiriez-vous qu'une plume
jeunette,

En ſtile doux , en expreſſion
nette „
Pour coup d'eſſay , nous eût
peint joliment
    GRISELIDIS?

C'eſt choſe vraye , & cette
    Hiſtoriette
En fera foy. Dame il n'eſt ni
    Griſette,
Qui ne la liſe en pleurant ten-
    drement.
Mais en eſt-il , qui trois jours
    ſeulement
Pût, ſans peſter , être dans ſa
    Chambrette,
    GRISELIDIS?

        DE NANTES.

Livre qui a pour titre *Griſelidis ou la Marquiſe de Saluſſe*, Nous luy avons permis & permettons par ces Preſentes, de faire Imprimer ledit Livre en tel volume, forme, marge, caractere, conjoinctement ou ſeparement & autant de fois que bon luy ſemblera & de le vendre & faire vendre & debiter par tout noſtre Royaume pendant le temps de trois années conſecutives, à compter du jour de la datte deſdites Preſentes. Faiſons défenſes à tous Libraires & Imprimeurs & autres perſonnes de quelque qualité & condition qu'elles ſoient, d'en introduire d'impreſſion étrangers dans aucun lieu de noſtre obéiſſance, à la charge que ces Preſentes ſeront enregiſtrées tout au long ſur les Regiſtres de la Communauté des Libraires & Imprimeurs de Paris, & ce dans trois mois du jour de la datte d'icelles, que l'impreſſion de ce Livre ſera faite dans noſtre Royaume & non ailleurs,

en bon papier & en beau caractere, conformément aux Reglemens de la Librairie; & qu'avant
que de l'expofer en vente, le ma-
nufcrit ou imprimé qui aura fervi
de copie à l'impreffion dudit Livre
fera remis dans le même état ou
l'aprobation aura efté donné, és
mains de noftre trés cher & feal
Chevalier Garde des Sceaux de
France le Sieur Fleuriau d'Armenonville , Commandeur de nos
Ordres , & qu'ils en fera enfuite
remis deux Exemplaires dans nôtre Biblioteque publique, un dans
celle de noftre Château du Louvre
& un dans celle de noftredit trés
cher & feal Chevalier Garde des
Sceaux de France le Sieur Fleuriau
d'Armenonville, Commandeur de
nos ordres, le tout à peine de nul-
lité des Prefentes, du contenu def-
quelles Nous vous mandons & en-
joignons de faire joüir l'expofant
ou fes ayans caufe , pleinement &
paifiblement fans foufrir qu'il leur
foit fait aucun trouble ou empé-

chemens ; Voulons qu'à la Copie
defdits Prefentes qui fera imprimée tout au long, au commence-
ment ou à la fin dudit Livre, foy
foit ajoutée comme à l'Original.
Commandons au premier noftre
Huiffier ou Sergent, de faire pour
l'execution d'icelles, tous Actes
requis & neceffaires fans demander autre permiffion & nonob-
ftant Clameur de Haro, Chartre
Normande & Lettres à ce con-
traire. CAR tel eft noftre plaifir.
DONNE' à Paris le vingt-feptiéme
jour du mois de Septembre, l'an
de Grace mil fept cent vingt-qua-
tre. Et de noftre Regne le dixi-
éme. Par le Roy en fon Confeil.
CARPOT,

Regiftré fur le Regiftre VI. de la Cham-
bre Royale des Libraires & Imprimeurs de
Paris n° 84. folio 73. conformément aux
anciens Reglemens, confirmées par celuy
du 28. Fevrier 1723. à Paris le onze Oc-
tobre 1714. BRUNET Sindic.

9 782019 971786